CUENTO DE LUZ

"La magia es tan real como la realidad mágica."
- Anónimo

A Manuel y Rosario, mis padres, por todo.

A Nati, mi hermana, por todo.

- Fran Nuño

A Carmen, Julia, Pablo y Marta,

por regalarme la magia de vuestra niñez.

A mis padres y hermanos.

A Mabel, Paco y Miguel.

A Luz, y cómo no, a mi AMIGO Fco Morilla.

Por todo cuanto me habéis dado.

- Enrique Quevedo

El Gran Mago del Mundo

© 2012 del texto: Fran Nuño
© 2012 de las ilustraciones: Enrique Quevedo
© 2012 Cuento de Luz SL
Calle Claveles 10 | Urb Monteclaro | Pozuelo de Alarcón | 28223 Madrid | España | www.cuentodeluz.com

ISBN: 978-84-15241-75-1

Impreso en PRC por Shanghai Chenxi Printing Co., Ltd., enero 2012, tirada número 1256-07

FSC
www.fsc.org
MIXTO
Papel procedente de
fuentes responsables
FSC® C007923

El Gran Mago del Mundo

del

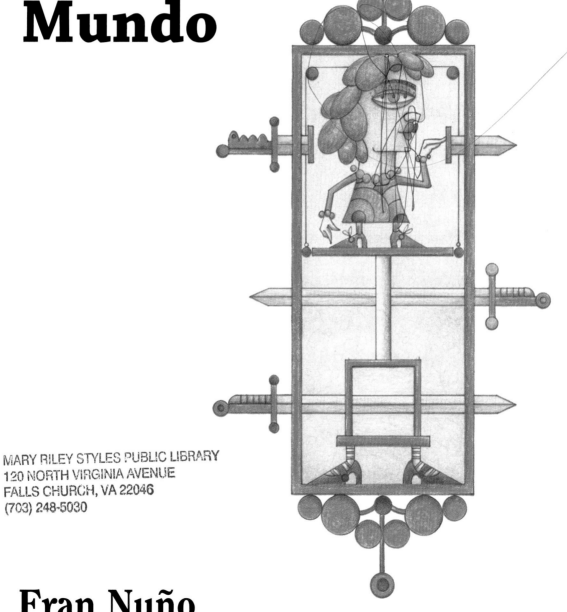

Fran Nuño
Ilustraciones: Enrique Quevedo

Me gusta tanto la magia, que a veces juego con la idea de
que soy un gran mago y que puedo realizar los trucos más
increíbles y bellos del mundo.

Imagino que cada mañana hago desaparecer del cielo
una gran moneda de plata, para que en su lugar surja
una más grande aún y dorada.

Pienso que a veces lleno ese mismo cielo de gigantescas palomas
blancas o grises, nacidas de un leve movimiento de mis manos…

Y que todas esas aves llevan en su pico cartas de una infinita baraja que dejan caer lentamente sobre nosotros.

En ocasiones, esos naipes nos llegan fríos y con sus dibujos, letras o números borrados… Otras veces, convertidos en gotas de agua.

Sueño con que de tarde en tarde formo un extraordinario y perfecto arco con siete pañuelos de distintos colores: rojo, naranja, amarillo…

Y que cada cierto tiempo, hago brotar con mi varita mágica millones de hermosas flores que reparto por aquí y por allá.

Fantaseo con que con un leve soplo puedo mover las copas de los árboles y llevarme sus hojas secas para hacer del suelo una alfombra mágica y crujiente…

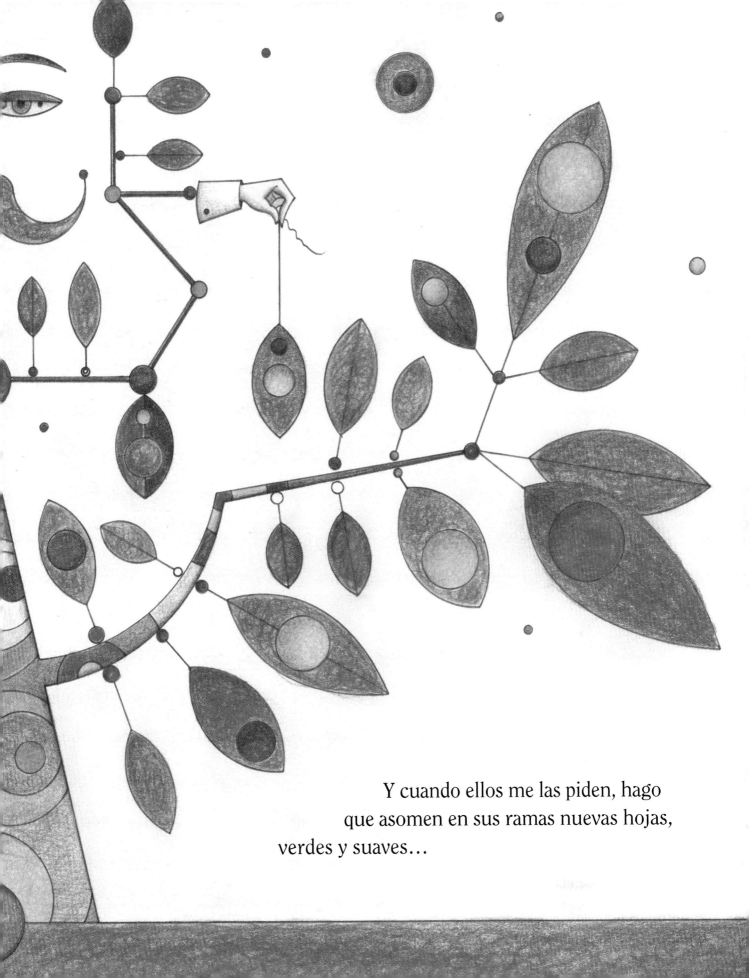

Y cuando ellos me las piden, hago
que asomen en sus ramas nuevas hojas,
verdes y suaves…

Juego con
la idea de que
cada día
actúo en un
gran teatro y me despido
saludando con mi chistera, con la
que puedo hacer oscurecer a la mitad
de la Tierra durante unas horas
y así marcharme a descansar.

Me gusta tanto la magia, que hay mañanas que despierto
imaginando, pensando, soñando, fantaseando…

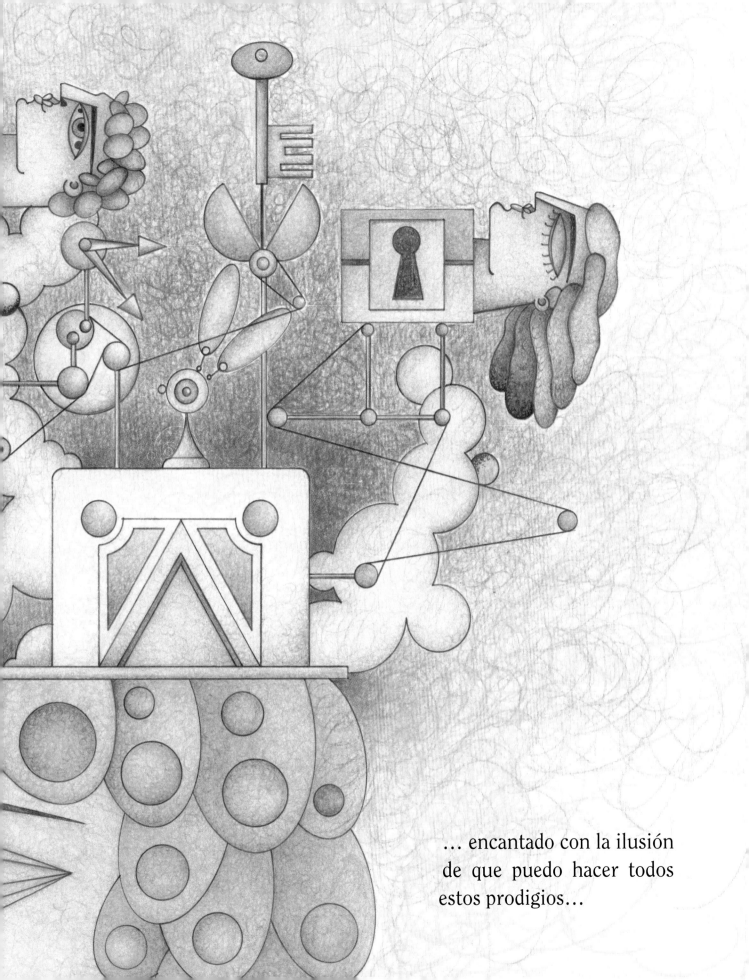

... encantado con la ilusión
de que puedo hacer todos
estos prodigios...

Y que por eso me conocen como…

...EL GRAN MAGO DEL MUNDO